VENTE
Du Samedi 24 Février 1912
HOTEL DROUOT, SALLE N° 10
A DEUX HEURES

TABLEAUX

FAIENCES, PORCELAINES

MINIATURE, OBJETS VARIÉS

COMMISSAIRE-PRISEUR

Me GUSTAVE COULON

EXPERT

M. GEORGES GUILLAUME

CATALOGUE

DES

Tableaux Anciens

ET MODERNES

AQUARELLES, PASTELS, DESSINS

GRAVURES

FAIENCES ET PORCELAINES

Miniature, par DUMONT

BRONZES, GLACES, OBJETS VARIÉS

Dont la Vente aux Enchères publiques aura lieu

HOTEL DROUOT, SALLE N° 10

LE SAMEDI 24 FÉVRIER 1912

à deux heures

COMMISSAIRE-PRISEUR	EXPERT
Mᵉ **GUSTAVE COULON**	**M. GEORGES GUILLAUME**
12, rue de la Victoire	13, rue d'Aumale

EXPOSITION PUBLIQUE

Le Vendredi 23 Février 1912, de 2 h. à 6 h.

CONDITIONS DE LA VENTE

Elle sera faite au comptant.

Les adjudicataires paieront *dix pour cent* en sus des enchères.

L'exposition mettant le public à même de se rendre compte de l'état et de la nature des objets, aucune réclamation ne sera admise une fois l'adjudication prononcée.

Paris — Imp. de l'Art, Ch. BERGER, 41, rue de la Victoire

DÉSIGNATION

TABLEAUX
AQUARELLES, PASTELS, DESSINS
GRAVURES

BEAULIEU

1 — *Portrait d'un Joailler.*

Toile ovale. Signée et datée à droite en bas.
Haut., 79 cent.; larg., 63 cent.
Cadre en bois ajouré.

BOILLY (Genre de)

2 — *Portrait d'Homme en redingote, le col orné d'un jabot de dentelle.*

Toile. Haut., 37 cent.; larg., 29 cent.

BOUDIN (Attribué à E.)

3 — *Vue d'un Port de mer.*

Panneau. Haut., 19 cent.; larg., 26 cent.

C. A. G. (1806)

4 — *Portrait d'Homme en redingote bleue.*

Toile.

COLMER

5 — *Paysage montagneux.*

Panneau. Haut., 23 cent.; larg., 33 cent.

DAVID (D'après)

6 — *Napoléon en buste.*

Gravure en noir.

DENIEN

7 — *Portrait de Femme en rotonde rose et mantille.*

Aquarelle. Signée et datée : *1853.*

FATH

8 — *Deux Paysages.*

Toiles.

GROS (Attribué au Baron)

9 — *Portrait présmé de Fabre d'Églantine.*

Toile ovale. Haut., 57 cent.; larg., 47 cent.

HUBERT ROBERT (École de)

10 — *Les Ruades.*

Toile. Haut., 27 cent.; larg., 16 cent.

ISABEY (Genre de)

11 — *Marine.*

Toile.

LEIMENS (E.)

12 — *Jeune Pâtre gardant son troupeau.*
Toile. Signée à gauche en bas.
Haut., 36 cent.; larg., 52 cent.

LOISEAU (V.)

13 — *Vues du vieux Montmartre.*
Six dessins à la plume dans deux cadres.

MEURISSE-FRANCHOMME (Henri)

14 — *Intérieur d'une maison de tisserand.*
Panneau. Haut., 30 cent.; larg., 38 cent.

MEYNIER (Ch.)

15 — *Nymphe dansant.*
Toile. Haut., 35 cent.; larg., 23 cent.

OCHTERVELT

16 — *L'Évanouissement.*
Toile. Haut., 40 cent.; larg., 31 cent.

PICOU (Henri)

17 — *Pégase poursuivi par l'Amour.*
Peinture en camaïeu sur tableau noir.

RAOUX (Attribué à)

18 — *Orphée aux enfers.*

> Toile. Haut., 51 cent.; larg., 43 cent.
> Cadre en bois sculpté.

SARLUIS

19 — *Les Rois Mages.*

> Grande toile décorative.

TENIERS (Genre de Dᴀᴠɪᴅ)

20 — *Paysage boisé, avec cours d'eau et constructions.*

> Toile. Haut., 43 cent.; larg., 63 cent.

TOCQUÉ (Attribué à)

21 — *Portrait d'Homme.*

> La tête droite et fière est ornée d'une cravate
> de tulle ; le buste est drapé dans un ample man-
> teau noir.
> Toile. Haut., 72 cent.; larg., 57 cent.

ZACHARIAN (Zᴀᴄʜᴀʀɪᴇ)

22 — *Prunes et feuillage dans un panier, sur
une table.*

> Toile.

ÉCOLE ANGLAISE

23 — *Les Adieux des petits voyageurs.*

> Panneau.

ÉCOLE FRANÇAISE (xviiᵉ siècle)

24 — *Bellone.*

> Cuivre. Haut., 32 cent.; larg., 22 cent.

ÉCOLE FRANÇAISE
(Commencement du xviiiᵉ siècle)

25 — *Portrait de deux Princesses.*

> Pastel.
>
> Haut., 86 cent.; larg., 1 m. 25 cent.

ÉCOLE FRANÇAISE (xviiiᵉ siècle)

26 — *Portrait en buste de Femme, décolletée.*

> Elle est vêtue d'un corsage bleu de ciel, les cheveux poudrés, le cou orné d'un rang de perles. Pastel.

ÉCOLE FRANÇAISE (xviiiᵉ siècle)

27 — *L'Oiseau en cage.*

> Toile. Haut., 57 cent.; larg., 70 cent.

ECOLE FRANÇAISE (xviiiᵉ siècle)

28 — *Sujet tiré des Contes de La Fontaine.*

> Toile. Haut., 41 cent.; larg., 53 cent.

ÉCOLE FRANÇAISE (xviiiᵉ siècle)

29 — *Les Deux Galants.*

> Panneau. Dessus de porte.

ÉCOLE FRANÇAISE (Époque Directoire)

3o — *Portrait de Femme en robe rose et bonnet de tulle blanc.*

Pastel.

Haut., 44 cent.; larg., 35 cent.

ÉCOLE FRANÇAISE
(Époque révolutionnaire)

3 1 — *Profil d'Homme.*

Toile-médaillon.

INCONNU

32 — *Portrait d'Homme en redingote.*

— *Portrait de Femme en toilette verte.*

Deux toiles-médaillons se faisant pendant.

INCONNU

33 — *Le Torrent.*

Dessin au fusain rehaussé de blanc.

INCONNU

34 — *Église au bord d'un fleuve.*

Tableau à musique.

35 à 44 — Lot de tableaux, dessins et gravures de différentes écoles. (Sera divisé.)

FAIENCES ET PORCELAINES

45 — Quatre grands plats en ancienne faïence de Rouen, à décors bleus.

46-47 — Sept plus petits, même faïence, différents de formes et de décors.

48 — Trois autres longs, à pans et polychrome, même faïence.

49 — Deux autres octogonaux, polychromes, même faïence.

50 — Plat long en ancienne faïence polychrome de Rouen, à rameau fleuri au centre et quadrillages au pourtour.

51 — Deux autres en faïence genre Rouen.

52-53 — Onze assiettes variées en ancienne faïence polychrome de Rouen, décors au Chinois, à la corne, lambrequins et fleurs.

54 — Deux plats longs en ancienne faïence de Strasbourg, à fleurs.

55 — Six assiettes, mêmes faïence et décor.

56 à 58 — Trente autres en ancienne faïence de
Strasbourg ou des Islettes, à oiseaux, bou-
quets et paniers fleuris.

59 — Cuvette et jardinière-applique en ancienne faïence polychrome de Moustiers,
décor à trophées de drapeaux.

60 — Petit plat long en ancienne faïence de
Moustiers, décor en violet.

61 — Neuf assiettes en ancienne faïence de
Moustiers, à décors, en vert, de grotesques
et d'oiseaux.

62 — Trois autres, même faïence, à décor, en
bleu, de fleurs et lambrequins.

63 — Six assiettes en faïence, genre Marseille,
à paysages.

64 — Trois assiettes en ancienne faïence de Lille,
à décor d'épis en bleu.

65 — Deux autres en ancienne faïence, à décor,
en rouge, d'oiseaux et fleurs.

66 — Assiette en ancienne faïence de Lille, à
décors bleus.

67 — Plat rond en ancienne faïence de Delft, à
décors bleus rayonnants.

68 — Deux assiettes en ancienne faïence de Delft,
à fleurs centrales et décor rayonnant rouge.

69 — Paire de potiches couvertes en faïence
genre Delft, à cannelures.

70 — Deux statuettes en faïence anglaise : Homme et femme chassant.

71 — Assiette en ancienne faïence italienne, à
décor de vases et perroquet perché.

72 — Petit plateau en ancienne faïence italienne,
à décor d'amours en médaillon.

73 — Saladier et cuvette en faïence, à décors
bleus.

74 — Cinq plats ronds et quatre assiettes en
ancienne faïence, à roses et œillets.

75 — Deux plats à barbe et deux plats longs en
ancienne faïence.

76 à 90 — Lot d'environ quatre-vingts assiettes
en faïences variées : Quimper, Gien, Lille,
Rouen, etc. Assiettes révolutionnaires et
autres.

91 — Plat creux en ancienne porcelaine de Chine, à constructions et arbustes.

92 — Plat, assiette creuse, assiette plate et deux soucoupes en porcelaine de Chine, à décor bleu.

93 — Trois assiettes polychromes variées. Chine et Japon.

94 — Sucrier en ancienne porcelaine de Chine, à décors bleus.

95 — Bol et flacon en porcelaine de Chine, à décor bleu.

96 — Plat long en ancienne porcelaine de la Compagnie des Indes, décoré d'une couronne au centre et de fleurs au marli.

97 — Assiette en ancienne porcelaine de la Courtille, à fleurs.

98 — Assiette à pans et coquilles en ancienne porcelaine de Saxe, à fleurs.

99-100 — Lot de vaisselle dépareillée. (Sera divisé.)

MINIATURE par DUMONT
BRONZES, GLACES, TENTURES
OBJETS VARIÉS

101 — Miniature : l'Innocence et la Perfidie. L'Allégorie est personnifiée par une jeune fille portant une colombe, non loin d'un arbre sur lequel s'enroule un serpent. Elle porte à gauche la signature de *Dumont*.

(*Vente Léon Crémieux, 1886.*)

102 — Statuette de Flore en ancien biscuit. Socle en bois doré, mouluré.

103 — Bracelet-gourmette et rond de serviette en argent.

104 — Paire de chenets en bronze ciselé. Époque Louis XVI.

105 — Paire de flambeaux bas en bronze argenté. Style Louis XV.

106 — Galerie de foyer en bronze ciselé ; modèle à serpents. Style Renaissance.

107 — Lustre à neuf lumières en bronze patiné
et doré, préparé au gaz. Époque Restauration.

108 — Lanterne d'antichambre en verre gravé,
préparée au gaz.

109 — Deux appliques : Têtes de chiens en fonte
sur bois.

110 — Glace en bois sculpté et doré, fronton à
rocailles. xviiie siècle.

111 — Glace Louis XV en bois sculpté et doré.
Ancien travail italien.

112 — Baromètre, cadre en bois sculpté à pans,
surmonté d'un motif à oiseaux et carquois.
xviiie siècle.

113 — Deux cadres-médaillons dorés.

114 — Bibliothèque en palissandre.

115 — Coffre à bois, couvert d'imitation de
tapisserie.

116 — Lot de morceaux en tapisserie d'Aubus-
son moderne.

117 — Deux rideaux en étoffe de fantaisie, à rayures bleues, et un lot de stores et brise-bise.

118 — Quatre grands lambrequins en velours frappé et tapisserie au point.

119 — Lot de tentures, portières et bandeaux. (Sera divisé.)

120 — Objets omis.